误入藕花塘

长安阿蒙

徐明正◎著

陕西师范大学出版总社

图书代号：SK16N0210

图书在版编目（CIP）数据

误入藕花塘／徐明正著 . —西安：陕西师范大学
出版总社有限公司，2016. 4（2016. 6 重印）
ISBN 978 - 7 - 5613 - 8413 - 8

Ⅰ. ①误… Ⅱ. ①徐… Ⅲ①诗集—中国—当代
Ⅳ. ①I227

中国版本图书馆 CIP 数据核字（2016）第 070484 号

误入藕花塘
WURU OUHUATANG

徐明正 著

责任编辑	张建明 郭 琦	
责任校对	原 蓉	
封面设计	鼎新设计	
出版发行	陕西师范大学出版总社	
	（西安市长安南路 199 号　邮编 710062）	
网　址	http://www. snupg. com	
经　销	新华书店	
印　刷	西安市建明工贸有限责任公司	
开　本	787mm × 1092mm　1/16	
印　张	16. 75	
插　页	1	
字　数	182 千	
版　次	2016 年 4 月第 1 版	
印　次	2016 年 6 月第 2 次印刷	
书　号	ISBN 978 - 7 - 5613 - 8413 - 8	
定　价	45. 00 元	

读者购书、书店添货或发现印刷装订问题，请与本社联系。
电　话：（029）85307864（传真）　85251046

誤入藕花塘（自序）

記得前一年初夏時前，與幾位朋友訊渭水踏青郊游。渭水兩崖荷花半開，柳色還新，鳥語枝頭，蛙鳴蓮塘。讓人半醉半癡半狂於八百里秦川田園美景之中。為人開始以誦愛蓮讀沁助興，為人乘興自作詩以寄情。我也不知情由何來，意從何生。驀然相問，詩興晴人發

作公教事顺。；三是大多数诗词不论情事

何爱，都是在大明宫遗址公园散步时填写或

推敲定稿的，而且在大明宫曾填写的一首《临江仙》

词的末句为"香飘大明宫。"集句可以此句作之。

四是诗词内容难以陕西为主，但也涉及全国各

地，集名园比可作《神州行吟》；……越想心

王越乱，越想心里越纠结，越想心里越没谱。

目 录
Contents

九 州 篇

毛乌素沙漠　　红石峡
　　镇北台　　榆林
　　　　　戴兴寺

307　　　　　　　　米脂李自成行宫

　　　　　　　　　　307

子长石宫寺　　　　210
王家湾毛主席旧居　瓦窑堡革命旧址

　　　　　清凉山　　黄
　　宝塔山　延安
　　万花山　　　壶口瀑布
　　309　　　　　309

　　　　　　龙门风景名胜区
　　黄帝陵　　　韩城
312　211　210　108
　　　　　香山　铜川　司马迁祠
　　　　耀州窑遗址　药王山　河
周原遗址　乾陵　　　渭南
310　法门寺　茂陵　　310
宝鸡　渭　河　咸阳　兵马俑　华山
　　　　　　　西安　骊山
天台山　　　　　210
　太白山　108　　　商州　丹凤花庙
　　佛坪大熊猫保护区　柞水溶洞　312
316　洋县朱鹮自然保护区　　武关
　　武侯祠　开明寺塔
　　　汉中　316
　　　南湖风景区　　　安康
108　　　　210　　香溪洞风景区
　　　　　　天柱山　　316
　　双龙溶洞群　笔架山

閑来賦詩三百首
樂在春夏与秋冬

家居長安風姝東皇權共享希
王宮閑来賦詩三百首乐在春夏
与秋冬

錄舊作柚心居女記於
丙申春日 玄姝長女 狂風正□

登西安古城墙

千年帝都汉唐风，
盛世迎来旅业兴。
南门入城皇家礼，
自古长安有远朋。

谒大慈恩寺

我劝殷殷四方人，
登塔莫忘暗修身。
三藏经里觅真谛，
知报慈恩是佛心。

曲江新韵

雁塔逸韵晨钟里，
曲江景色入暮极。
古城盛世开新运，
人文自然两归一。

咏 唐 苑

古木森森依古城，
大唐气象拔地生。
奇石造景三千座，
逸韵妙化皇家风。

大唐芙蓉园元宵夜

梦回大唐惊蟾宫，
嫦娥欲驾不夜城。
岛上千株烟碧树，
江中万盏火莲灯。
水幕凭意织新影，
流饮伴歌醉晚风。
忽闻雁塔晨钟报，
芙蓉园外春日升。

青龙寺悟空

空空不空不空空，
禅心未悟入青龙。
疑听老僧新解意，
不空空空空不空。

大明宫遗址公园开园大典

龙首紫瑞聚含元，
九天阊阖入大观。
千古帝都逢盛世，
万国高朋满长安。

大明宫踏春（四首）

之一

一往古城南庄外，
桃李迎春次第开。
念念有词崔郎诗，
清香微微暗入怀。

之二

春沐大唐帝王家，
风情万种宫苑花。
太液池畔品花语，
不见当年解语花。

之三

池边垂柳吐新芽，
雨后春色意更佳。
一阵清香扑面来，
不分桃花与杏花。

之四

烟花盈枝暖，
时雨带微寒。
漫漫春风里，
顿觉香满园。

大明宫春日观放风筝

龙首原头弄春潮，
十万童心比天高。
谁家风筝断了线，
扶摇直上九重霄。

临帖兰亭序

方寸陋室苦求索，
兰亭在抱有逸乐。
自知今生无正果，
为修来世见真佛。

忆江南·咏春栖心居

春来早，
绿染院边草。
烟花悄悄上柳梢，
窗外红霞一树高。
归燕衔泥到。

春来早，
羞话儿时笑。
两小无猜长相好，
青梅竹马半知交。
童心永不老。

卜算子·游大明宫太液池畔

鱼衔池边草，
波牵杨柳梢。
渺渺烟花情似雨，
化绿染丝绦。

月朗花姿俏，
霓红景色妖。
心随曲径通幽处，
人与春醉了。

虞美人·栖心居春日偶成

细听春雨陋室中，
心随烛影动。
千年故事化入梦。
柴门又见，
桃花相映红。

黎明春风吹梦醒，
杨柳已葱茏。
推窗一览凤城东。
日出时间，
香彻大明宫。

临江仙·夏夜遇雨大明宫

昨夜又到大明宫，
径幽花香鸟鸣。
经年闲步无厌情。
常从玄武门，
一往凤城东。

风云突变落汤冷，
权作醍醐灌顶。
天公知时助雅兴。
一串响雷后，
皓月正当空。

临江仙·踏春大明宫

龙首原头梦初醒，
朝霞姹紫嫣红。
欲和东方新日升。
又见金辉里，
煌煌大明宫。

曲径通幽香正浓，
满园春潮涌动。
万象景色一千重。
鸟鸣黄昏时，
心栖凤城东。

临江仙·忧思大明宫

在天在地凤城东，
一帘华清幽梦。
兵变马嵬遗香冢。
弦断长恨时，
日落大明宫。

龙首原头忧思重，
得意岂敢忘形。
防微全凭杜渐功。
牢筑长河堤，
时鸣警世钟。

夏夜纳凉太液池畔（二首）

之一

仙子含羞出水来，
红颜玉面映日开。
蜂蝶诗意闹枝头，
荷风送爽入澄怀。

之二

轻云蔽月曲径香，
荷风送爽夏夜凉。
闲坐石平如梦里，
心花半开映澄塘。

太液池畔秋夜独坐

一池秋水怜荷残，
两岸烟柳垂暮寒。
陶菊月下生逸韵，
楼台独坐思古贤。

大明宫秋意

秋尽凤城未入冬，
池畔霜叶初见红。
烟柳犹有三春媚，
婀娜时间万种情。

大明宫秋意图（四首）

之一

残红残绿霜重染，
秋风秋雨增暮寒。
长河边上无限意，
帝王谁知有今天。

之二

寒风带雨袭园中，
落叶纷纷染泥红。
人怨霜打秋色冷，
我悲日落大明宫。

之三

霜叶满地草复黄，
岸边隐隐闻国殇。
当年朕旁解花语，
胭脂红透一池香。

之四

池边不见青纱帐，
忍看残荷沐秋霜。
每念仙子出水时，
忽觉心底有余香。

初冬散步大明宫（二首）

之一

晨雾弥漫凤城东，
天地混沌一统中。
我心闲闲游物外，
不知人在大明宫。

之二

零落霜叶任飞扬，
萧萧秋色好凄凉。
唯见枯荷情未尽，
枝头犹抱一缕香。

凤城秋色（二首）

之一

霜天烂漫凤城东，
残荷留香大明宫。
灞上夕阳晚照里，
又见十里芦花红。

之二

秋风瑟瑟黄昏冷，
霜叶萧萧自飘零。
微云疏雨连春绪，
落红化泥为重生。

龙首渠渠首抒怀

也曾怀抱天下忧，
能消百姓几多愁。
回望蹉跎人生路，
羞看源头活水流。

栖心居自题

家居长安凤城东，
皇权共享帝王宫。
闲来赋诗三百首，
乐在春夏与秋冬。

灞上登塔

古城内外共复兴，
登塔顿觉紫气生。
百鸟和鸣仙居地，
灞上又闻天籁声。

灞上世博园

盛世博览广运潭，
万国花香满长安。
极目大师新创意，
天人一统灞水边。

灞上行吟

水美草木秀，
林茂曲径幽。
灞上仙居地，
梦回大唐游。

灞上归梦

千年旧梦归灞上，
蒹葭苍苍水波长。
但盼伊人未远去，
至今宛在水中央。

误入藕花塘

灞上野趣

蒹葭野趣新时尚，
灞上已非旧模样。
荡舟渺渺烟波里，
船头直向水中央。

灞上烟花

蒹葭湖畔柳初黄，
灞上烟花生异香。
多少春愁多少恨，
千年梦断水中央。

灞上凤鸣

灞上烟柳弄古风，
蒹葭芦曲引凤鸣。
水中伊人曾知否，
今日庄生蝴蝶梦。

灞上大愿

滋水榭边暗思忖，
春秋烟花恨无垠。
灞上有愿无觅处，
空抱赤子天地心。

灞上独酌

一杯一杯又一杯，
独酌灞上人欲醉。
微云疏雨夜阑时，
声声寂寞滴滴泪。

灞上牧歌

芳草萋萋林木茂，
故园归鸟筑新巢。
蒹葭湖畔听牧歌，
灞上扶犁学舜尧。

灞上桃花岛（二首）

之一

夕照灞上杨柳俏，
水映红霞一树高。
夜来伊人若相见，
与尔同归桃花岛。

之二

灞上水边寄真情，
桃花岛外放心声。
一望滚滚胭脂潮，
双眉带醉笑春风。

灞上春梦

春来灞上柳丝肥，
烟花漫漫绕枝飞。
细读蒹葭三百遍，
梦中自有伊人归。

灞上意趣

雾障灞上无日光，
幸有虹霓照客房。
心中翰墨兴意趣，
但盼五更梦伊乡。

灞上折柳

灞上为谁折新柳，
蒹葭湖畔梦中游。
但见伊人舒广袖，
纤纤玉手烟花愁。

灞上初晴

蒹葭湖畔愁绪深，
灞上初晴柳色新。
若能修得同船渡，
愿以三生待伊人。

灞上春愁

漫漫烟花绕翠柳，
灞上一抹春愁。
湖畔闻私语，
都带几分羞。
水中伊人若会意，
便招招纤纤玉手。

灞上相思

日落灞上夜阑干，
明月穿云照无眠。
蒹葭湖畔，
梦绕魂牵。
好思念，
难相见。
抹干泪眼，
风又吹酸。

灞上风情

灞上南来风，
春意又朦胧。
但愿得，
莫吹散，
梦中烟柳。
更盼望，
相约在，
桃花雨中。

灞上好心情，
窗外望月弓。
寻不见，
银河桥，
谁能架通。
只能是，
把思念，
撒向星空。

灞上秋色（四首）

之一

蒹葭湖畔梦牵手，
往事如烟忆情柔。
榭边独饮中秋夜，
水中明月照人愁。

之二

霜叶满地景萧瑟，
蒹葭湖畔欲放歌。
十里秋风吹寒夜，
水底明月映残荷。

之三

重霜染红岸边柳，
凉风吹透一湖秋。
枯荷孤影相对视，
冷月寒星照人愁。

之四

秋尽灞上露凝霜，
天生寒意人生凉。
湖畔又见黄昏后，
落霞挂满篱笆墙。

咏华清池

大唐皇家第一宫，
笙箫伴舞夜夜明。
惊天国事臣畏报，
动地艳情君不醒。
已是快马千般急，
却恋佳人百媚生。
安史乱中观兴替，
长恨歌里听叹声。

望秦陵

横扫六合九州平，
威加海内帝业兴。
谁料世遗第八奇，
始皇陵前一小坑。

秦兵马俑战坑

十万神勇演方阵，
八千烈骑嘶长鸣。
骊山晚照依旧在，
大陵摩天更威风。

关中民俗博物院

千秋不息华夏根，
万古得意民族魂。
关中文化凝香处，
五台山下第一村。

谒楼观台

终南荫荫映三春，
草楼观里访全真。
上善池边暗思忖，
凡心如水水如心。

误入藕花塘

翠华山上望长安

玉案苍松翠插天，
碧峡飞瀑雪滚潭。
太乙宫前品唐韵，
曲江新景醉长安。

登南五台遇雨

五台气象瞬息变，
山头阴晴间冷暖。
雨后别有终南雾，
邀我高坐白云端。

▌谒草堂寺

草堂未敢问造化，
入寺才知四月八。
塔前念怀三论祖，
心中静开五叶花。

▌谒香积寺

塬畔经年播嘉禾，
净土禅心修正果。
光明普渡三界外，
善导众生皈极乐。

▌谒静业寺

打坐应供台，
怀抱终南圭。
天人一统时，
凤鸣满山辉。

▌谒长陵

胸怀沧海存浩然，
志驰云天向中原。
敢问王侯宁有种，
布衣挥戈缔大汉。

静业寺问道

秦岭深处谒祖庭，
人生成败问老僧。
终南自古有捷径，
无为直通帝王宫。

终南寻石小趣

奇因自然成，
妙夺天地工。
众里千百度，
缘在一遇中。

误入藕花塘

南五台寺外小憩入梦

五台烟雨洗风尘，
小憩寺外入梦深。
曲径隐隐似相识，
愿做终南一逸人。

秋劲终南

霜染红叶映彩霞，
曲水流丹暖山崖。
最好一年秋劲时，
终南深处采菊花。

夜宿终南山

仙居桃源幽篁里，
心游物外乐无欺。
清思夜抱明月梦，
澄怀日和古松诗。

登新仙游寺法王塔

欲寻仙游登塔上，
古寺已成新殿堂。
疑问萧史弄玉处，
唯见眼前水茫茫。

醉卧碧水湾

终南紫气绕翠峰，
云台碧水连天都。
醉卧仙池问仙子，
伊在梦乡入梦无。

天潭温泉山庄（四首）

之一
林深幽谷静，
鸟鸣天籁声。
人居桃源里，
心游物外宁。

之二
月朗竹影轻，
风柔云台宁。
醉卧仙池里，
且听鸾凤鸣。

之三
心栖云台上，
碧水逐梦狂。
终南紫气里，
别尘入仙乡。

之四
瑶台仙池里，
蓦然识真谛。
一念俗尘外，
万念无归思。

登太白山（四首）

之一

久愿凌绝太白巅，
云天之上望人寰。
今借飞索云天上，
一览仙境自成仙。

之二

登临太白自成仙，
心中意象皆善缘。
抚云天岸得明月，
卧石松下抱清泉。

之三

俯瞰终南众山小，
绝登太白凌九霄。
我辈自知非好汉，
雄心一样与天高。

之四

四纪冰川浮望眼，
绝顶已是九重天。
明月次第游三海，
嫦娥水底卧云眠。

水调歌头·又上太白山

关中六月天，
何处好休闲。
从来相见不厌，
唯有太白山。
时闻鸟鸣耳畔，
犹觉俗尘渐远，
心归由自然。
登高云天上，
极目醉峰巅。

水穷已，
云正起，
酒未酣。
回首天岸，
皑皑积雪入望眼。
横卧万古冰川，
怀抱烟波浩瀚，
悠悠梦封禅。
拔仙行愿处，
天地共凯旋。

▎凤 凰 泉

大唐行宫遍关中，
太白山下六月红。
天子钟情鸳鸯浴，
凤凰泉涌凤凰鸣。

▎世外桃园

青山碧水接云天，
太乙洞藏六月寒。
曾向曲径寻幽处，
不知仙境是桃源。

登七女峰

登临太白寻芳春，
七女峰上遇仙人。
欲驾仙云随仙去，
凡心依旧恋凡尘。

泼 墨 山

诗仙曾经醉八仙，
狂歌漫舞云崖边。
谁言挥毫能尽兴，
任由墨泼万仞间。

春日抒怀太白山

把酒太白山，
壮志也乾乾。
携得三春意，
立马开天关。

消夏太白山

太白清凉世界里，
林海幽谷乐无欺。
夜话庄生蝴蝶梦，
日和刘伶醉酒诗。

053

登拔仙台

一望冰川万仞间，
太白山上六月寒。
登台忽觉游物外，
醉卧云海比神仙。

误入藕花塘

夏日清晨散步太白山下

鸟鸣幽谷曲径深，
初照彩翠竹影沉。
正疑松下滴晴雨，
晨露莹莹启慧心。

5·19 太白山抒怀

步尘霞客万里行，
愿以浮生追仙踪。
每临江山如画处，
总把诗意留心中。

雪域太白

卧云鳌山顶，
枕月慢城头。
太白雪域里，
物外话神游。

太白山归来

九寨归来不看水，
五岳归来不看山，
千山万水归来后，
一往情深太白山。

误入藕花塘

夜宿红河谷

夜深幽谷静，
月明入梦轻。
总觉小楼外，
流水抚琴声。

红河谷瀑布

玉龙飞驾云崖边，
彩练当空映日悬。
更有气象来眼底，
雷霆万丈滚雪潭。

渭水踏春

阳春三月踏春行，
渭水岸边祭农耕。
最美莫过桃花雨，
迎面吹来杨柳风。

金渭公园

一湖春波摇天光，
两岸新柳伴娇杨。
醉赏满园花千姿，
也把陈仓当苏杭。

过大散关

陈仓古道遗古碑，
碑上洒满英雄泪。
我求群仙共作许，
不教铁马再奋蹄。

谒张载祠

学达五心入世深，
志在四为性情真。
仁怀天下追孔孟，
千年关西第一人。

常羊山谒炎帝陵

常羊山下寻帝踪，
姜水岸边祭神农。
千秋不衰日中市，
教民稼穑万世功。

石 鼓 山

周礼问政天下平，
大道明德五常兴。
千年古寺筑云阁，
石鼓报瑞引凤鸣。

四季天台山

百花争艳满山香，
凉风带雨绿水长。
待到霜染枫叶时，
飞雪先登云峰上。

登天台山还丹寺

石鸡报瑞白云端，
天台胜境任登攀。
问道豁然还丹寺，
一在青山绿水间。

姜子牙钓鱼台（二首）

之一

贤才辅周八百兴，
太公留下千秋名。
四柏一石三间庙，
垂钓台上听古风。

之二

磻溪源头蓑笠翁，
助周伐纣天下平。
投石遗璜寄心语，
钓台人说礼贤风。

误入藕花塘

合十舍利塔落成大典（二首）

之一

真身如愿归福地，
梵音袅袅合十熙。
佛门盛典遇花雨，
无边众生乐无极。

之二

八万四千法门灯，
佛光无量度众生。
膜拜真身发大愿，
合十塔前诵心经。

法门寺

法门寺里寻法门，
塔下玉宫见真身。
真身如月映三界，
自有慧心识法门。

周公庙

甘为仁臣辅储君，
制礼作乐第一人。
握发吐哺播圣意，
天下无处不归心。

周公手植柏（二首）

之一
半院疏荫半院风，
十围老干重晚晴。
古泉又鸣盛世曲，
凤凰枝头迎远朋。

之二
荫荫卷阿南来风，
瑞彼高岗引凤鸣。
千年周公手植柏，
十围老干树景形。

五丈原

为兴汉室三分鼎，
六出岐山夺关中。
皇天不酬英雄志，
五丈原上惊落星。

白雀寺

瑞雪盈尺凤凰山，
周原故郡春意寒。
千年古刹白雀寺，
当空依旧绕紫烟。

三王祠

踏雪迎春到凤鸣，
岐山脚下见孤塚。
顶礼膜拜三王祠，
但盼夜来梦周公。

龙门洞

丘祖觅道继老君，
苦修龙门磨性根。
七载不曾一日止，
抱圆方石兴全真。

东湖春游

匆匆池边先生柳，
慢慢水中仙子花。
借问先生可知否？
仙子含羞纱帐下。

西凤酒乡柳林古镇

柳拂古镇报春暖，
老窖陈酿驱暮寒。
夜来再饮一杯酒，
梦里香醉雍水源。

关山抒怀

莽莽关山大气象，
无边景色阵阵苍。
张弓天岸话励志，
跃马云岗揽夕阳。

关山消夏

四面云烟连天岸，
信马由缰越关山。
野炊夕阳黄昏后，
牧人赠衣御暮寒。

千丰湖

一池龙涎洗碧天，
白云浴罢水底眠。
黄梅饮马今不见，
灵山香岚绕峰巅。
舟上逍遥觅佳境，
眼前豁然出奇观。
八千寒窑立两岸，
三百年后作古传。

误入藕花塘

九成宫遗址

青青天台似从前，
煌煌九成作古传。
醴泉不解盛世意，
杜水铭碑两凄然。

再到九成宫遗址

西海烟波映翠屏，
煌煌九成待复兴。
又闻醴泉出盛世，
麟游天台引凤鸣。

青 峰 峡

金蟾观瀑卧云崖，
仙桃香凝四季花。
细听涛声来天外，
青峰雪滚五里峡。

衙 岭 吟

云卧衙岭挥不散，
望断岐山心又酸。
六出未酬北伐志，
莫以灯熄怨魏延。

西部兰花园

南北珍木满园中，
无限景色一千重。
最是三春日暮时，
百鸟入林乐大同。

黄柏塬

脚下清流如泉静，
耳畔鸟鸣天籁声。
原头天穹多异象，
阴晴雨雪依愿生。

通 天 河

可问李杜曾来过?
带醉挥毫欲放歌。
诗仙信马西游处,
不应未到通天河。

古凤州羌历年大典

众人开缸饮家酒,
狂歌漫舞乐自由。
嘉陵江畔识羌笛,
直想不再离凤州。

误入藕花塘

咏乾陵（四首）

之一
大陵势压五陵原，
双峰挺立欺儿男。
一统万丈无字碑，
妙吟千年震诗坛。

之二
大陵势压五陵原，
傲峙终南锁秦关。
安邦治国男儿志，
无字碑上看坤乾。

之三

大陵势压五陵原，
浩浩霸气绕梁山。
六十一国俯臣使，
甘为武皇守冥园。

之四

大陵势压五陵原，
无字碑前歌无言。
千古一帝留千古，
日月空照破荒天。

咏阳陵

自古英雄唱古风,
无为兴邦更圣明。
帝王各领千秋业,
几度成康与文景。

咏茂陵

天赋雄才安四方,
独尊儒术兴汉邦。
留得千秋帝王冢,
不怕无人不烧香。

咏昭陵

极目北望九嵕山，
欲乘六骏上云天。
轻弹心曲和泾渭，
细摩古鉴识贞观。

马嵬驿

一抔黄土爱恨多，
千秋香凝马嵬坡。
古驿新酿桂花酒，
今夜开坛醉嫦娥。

咏杨氏贵妃墓

风流难舍亡国恨，
马嵬坡前别情深。
一丈白绫裹泪赐，
三尺香冢迷古今。

咏上官婉儿

华章文采被九宫，
艳倾大唐长安城。
千年轮回嫌太久，
时常梦里见复生。

三原城隍庙

气象穆穆显灵佑，
鎏光灿灿照千秋。
历朝共许重修愿，
庙前盛世见宏猷。

谒苏武祠

北海牧羊十九年，
千秋大节摩高天。
清明还乡赴家祭，
仰看村头绕紫烟。

登香山

有邰原头说唐李，
千年古镇紫气回。
天人共祭报本寺，
胡燕至今绕塔飞。

登稷山

丰功伟绩齐天地，
教民稼穑别荒夷。
一览古城登高处，
暗祭心香后稷词。

赞家乡臊子面

手工擀面薄筋光，
鸡汤臊子煎稀汪。
常怀儿时家乡味，
舌尖至今有余香。

踏雪永寿麻亭古城

麻亭踏雪草木枯，
唯见苍苍古豹树。
大名鼎鼎云寂寺，
无边惆怅入昏眸。

望永寿老县城武陵寺塔

登塔一望云水间，
巍巍虎山守衙前。
欲卜心愿武陵寺，
城第何时再回迁。

泾渭茯茶老店益生源

国遗稀珍一叶砖，
金花飘香六百年。
泾渭茯乡庆福寿，
宴客直往益生源。

李靖故里

将军故里将军柏，
将军植柏添翠微。
盛世造物多创意，
八景入园生新辉。

彬州侍郎湖

俯阶直上幽谷顶，
身边漫漫云烟生。
回首欲览侍郎湖，
唯见瑶池入仙境。

彬州大佛寺

彬州古寺遗古铭，
欲行王道孝先行。
明镜台前识觉路，
扶摇直上佛母宫。

误入藕花塘

清渭楼（四首）

之一
一望终南千峰秀，
俯瞰脚下大河流。
福报秦川八百里，
紫气凝香清渭楼。

之二
苍苍气象遗古韵，
堤外三千朽木墩。
清渭楼上风物美，
又见咸阳满目春。

之三

所谓青史凰与龙，
常以毫端显神工。
秦峰大观极天地，
翰墨云烟满楼中。

之四

太乙隐隐思仙境，
渭水泱泱闻古声。
临轩把酒抒豪气，
楼上吹来帝都风。

忆江南·又登清渭楼

许多情，
登楼好尽兴。
俯瞰渭水烟波涌，
远眺终南正葱茏。
心随春意动。

许多情，
登楼好入梦。
汉宫明月八万里，
秦关立马啸长空。
古渡千秋颂。

后稷教稼园

高台教稼辞荒蛮，
圣地农耕化坤乾。
也曾怀抱黍稷志，
树艺五谷步先贤。

农业博览园

神州农业第一园，
浩瀚文明极大观。
千古高台教稼地，
现代绿谷开新元。

误入藕花塘

谒杨陵

绝登五台知非山，
唯见孤冢摩云天。
闻得先帝伤心处，
秋风如绢拂泪颜。

五台原畔抒怀

五台原畔忆华年，
四载寒窗攻谷关，
怀抱秦川八百里，
志在农桑乐耕田。

谒玉华宫

荫泽玉华帝王宫，
雨润千秋佛祖庭。
焚香三藏译经处，
心底穆穆作清风。

谒药王山

一心为民施丹散，
身历三朝三辞官。
神州胜地知多少，
几处没有药王山。

误入藕花塘

谒大香山寺

九龙化柏紫气多，
大象无形自巍峨。
净心参禅香山寺，
行止妙善方为佛。

陈炉古镇

寻访国粹入山乡，
又见窑火家家旺。
陈炉耀瓷无丽色，
青花千年留古香。

望大香山古寺

云开香山生气象，
遥看古寺沐佛光。
梵音袅袅八万里，
欲乘方舟渡慈航。

念奴娇·华山历险

神州奇险，
第一山，
五峰傲视中原。
巨灵仙掌，
把紫气，
撒向漫道雄关。
苍龙千仞，
危悬足下，
耄耋笑投书。
如此天险，
唯有烈士敢攀。

游遍名山大川，
最恋这关山。
怀抱大愿，
莲台抽签。
直盼望，
四海宾朋共聚，
把酒峰巅。
带醉舞长剑，
问鼎云天。
借力飞索，
都是英雄好汉。

误入藕花塘

临江仙·登华山

借力飞索越苍穹，
扶摇直上天宫。
夕照关山气如虹。
但盼夜来时，
峰头数河星。

岳上抒怀咏劲松，
情寄孤胆英雄。
也曾梦做云中龙。
心驰天岸马。
胸张万里弓。

登华山

华山之险天下险，
无双关山少人攀。
而今飞索凭借力，
历险何须靠孤胆。

登华山莲花峰

一朵石莲云中开，
十万美景眼底来。
秦关古道雄风在，
岳上匹夫咏大怀。

莲花峰上观日落

九墟莲花峰，
夜来可摘星。
日落霞归去，
忽闻太古声。

莲花峰上观日出

东方冉冉红似火，
新日出海碧如血。
忽闻峰头和声急，
岳上顿作狂欢节。

华山——爱情山

岳上吹箫引凤鸣，
千秋永结鸳鸯情。
今燃花烛洞房里，
百年同心山为盟。

华山——英雄山

壮志越苍龙，
孤胆啸长空。
鹞子翻山处，
试看真英雄。

华山——财富山

壁立千仞不染尘，
西岳封得五形金。
自古登高祈好运，
太华山顶四季鑫。

华山之春

微微寒风中，
山花点点红。
苍松泛春意，
岩上泻丹青。

华山之夏

松涛撼五峰，
飞瀑和远声，
情动云天外，
浪漫夏夜风。

华山之秋

霞落千尺峰，
彩云绕劲松。
朗朗清秋里，
满山霜叶红。

华山之冬

瀑凝百丈冰，
雾结千树凌。
仰首华岳上，
一啸万壑鸣。

夜宿莲台峰

日落莲台静，
风住松涛凝。
月下望星河，
心底禅云生。

咏华山古松

雄踞天岸云崖边，
笑傲群峰共仰观。
常似烟雨洗新翠，
素裹冰霜御枝寒。

登少华山

绝登少华千仞壁，
抖胆扶螺上云梯。
扬眉豁然东望去，
唯向太岳把头低。

谒福山寺

一峰独秀天地间，
万木凝翠黄河湾。
福山福连九福寺，
我以我心随我缘。

洽川嬉戏图

桨戏清波鱼戏浪，
船头人戏芦苇荡。
兴致若逢会心时，
跃入爱泉戏鸳鸯。

洽川秋意图

霜染福地秋色艳，
在河之洲遗古恋。
漫天芦花作飞雪，
雎鸠和鸣处女泉。

司马迁祠（四首）

之一

巍巍古祠御龙头，
俯瞰脚下大河流。
风追司马祭天地，
谁持铁笔续春秋。

之二

梁山苍苍蕴灵秀，
大河泱泱毓桢州。
千古芝川英才地，
太史令公万世麻。

误入藕花塘

之三

大河茫茫涛声咽，
古道苍苍秋风寒。
血铸一部六经史，
后人无不仰高山。

之四

冰封大河波浪息，
雪压高原寒流急。
但见陵上五子松，
傲向冰雪与天齐。

大荔丰图义仓

伏居长安意惶惶，
忠臣故里念义乡。
落笔顿生龙虎气，
钦命天下第一仓。

注：壬辰秋游丰图义仓，闻慈禧当年率护驾
大军避居长安，忠臣王鼎率故乡乡民不计前嫌，
开仓献粮，慈禧大悦，挥毫嘉奖，感而赋之。

大荔沙苑

信马由缰向沙苑，
戎国故地话休闲。
极目三水交汇处，
一颗清心落桃源。

误入藕花塘

游大荔湿地

一轮新月照大河，
万顷春苇竞婆娑。
醉饮农家高粱酒，
横卧船头听渔歌。

登 梁 山

俯瞰古城芝川人，
风追司马日月新。
远眺黄河放歌处，
十万鲤鱼跃龙门。

咏泰陵

砂环水抱帝王冢，
旷野无人伴真龙。
但见高公一抔土，
在天在地两空空。

咏桥陵

千年神佣守桥山，
开元气象夺望眼。
陵前漫话三让史，
无双睿智可列传。

富平陶艺村

桥山脚下藏稀珍，
一片古瓷一片春。
仰观人文初始地，
陶艺中华第一村。

韩城古街

妙语生香盈门楼，
满街文艺誉千秋。
金城时兴风物古，
望裔岁岁庆封侯。

谒仓颉庙

造字作书开新纪，
结绳记事自此息。
追根溯源人文路，
庙前观雪识鸟迹。

游四圣故里

渭北原头幽谷静，
林皋湖畔九鹤鸣。
仰观晴夜问北斗，
四圣仙驾哪座星？

延安早春

凄凄草木眠未醒，
满山红杏报先声。
但盼今夜知时雨，
明朝柳下拂春风。

延安暮秋

崖畔薄雾结烟霜，
谷底寒风透心凉。
顿生秋思三千丈，
满载原头红与黄。

延安革命纪念馆

绝处逢生十三年，
九州正义归延安。
伟人再造轩辕绩，
一统中华惊宇环。

谒木兰祠

替父从军孝当先，
马上弯弓胜儿男。
暗祭心香木兰祠，
自愧不如对红颜。

谒黄帝陵

厚厚桥山土，
森森古柏风。
五千华夏史，
轩辕第一功。

清明祭黄陵

九州紫气聚桥山，
龙旗穆穆祭轩辕。
十三万万子孙意，
共祝和谐开新天。

壶口观瀑布（四首）

之一
咆哮入龙潭，
声威动地川。
白烟生水底，
彩练凌空旋。

之二
浪底彩云飞，
空谷涛声急。
笑把黄河水，
拿来一壶沏。

之三

长河奔流向大海，
九曲八湾逐浪来。
两岸群山锁不住，
一声咆哮天地开。

之四

空谷飞瀑邀明月，
鱼跃龙门逐浪波。
且听大河千古恋，
惊天动地一壶歌。

登桥山飞龙岭

飞龙卧云紫峨上，
四灵抱瑞守十方。
每临桥山观与寺，
总献轩辕第一香。

郦地探秘秦直道

塞外江南有逸乐，
轻车自驾葫芦河。
横穿林海问直道，
一路辛苦一路歌。

咏秦直道（五首）

之一

甘泉山上忆大秦，
林光驿外马蹄深。
千秋霸业随风去，
直道苍苍遗绝尘。

之二

采风直道远，
一路说秦汉。
最念飞将在，
挥毫致阴山。

之三

直道通九源，
皇威镇边关。
塞外铁蹄子，
归心向长安。

之四

妄造圣旨罪千古，
同根相煎冤扶苏。
直道人说兴替史，
亡秦何须怨陈吴。

之五

曾为长城受大任，
更以直道立头勋。
始皇名垂千秋史，
谁知蒙恬老将军。

乾 坤 湾

千里黄河第一湾，
怀抱乾坤安禹园。
极目远眺伏羲寺，
拱手长揖天地间。

白马滩小镇

关山脚下见奇观，
灵泉波涌白马滩。
仰看翠峰叠嶂处，
九龙卧磐濠水源。

镇 北 台

独踞红山制高峰，
曾向大漠显威风。
而今登台游胜迹，
塞内塞外共升平。

红 石 峡

红石映日峡生辉，
绿溪含月谷载云。
古今多少儒雅士，
崖上竞作千秋文。

榆林古城

气象穆穆遗古风，
匠心绝伦集大成。
蒙汉文艺跃坊上，
草原牧歌满楼中。

李自成行宫

闯王故里留铭言，
攻城不易守城难。
甲申三百今又祭，
心泪撒向九宫山。

统万城（白城子）

漫漫红柳锁秋风，
荒荒大汉遗古城。
敢问万邦谁一统，
耳畔犹闻铁马声。

红碱淖

大漠一鉴照汉蒙，
两族携手旅业兴。
十万遗鸥来天外，
淖心岛上乐太平。

登白云山双龙岭

芦花漫天飞晴雪，
白云悠悠蔽长河。
双龙岭上祈福地，
七星共照扶桑阁。

铁边城头

塞外秋风不胜寒，
英魂孤冢两凄然。
铁边城头闻鸟啼，
清泪未干心又酸。

谒白云观

喜乘紫气登天门，
白云山上忆伟人。
且听道家妙解意，
日出扶桑兆乾坤。

登二郎山·谒李冰父子

俯瞰一水抱双峰，
疑听九龙河底声。
也养二郎浩然气，
共佑塞外乐太平。

登二郎山·谒杨戬

双峰摩天气浩然，
万古神力定西山。
我亦明烛二郎庙，
也留仰止断桥边。

留 侯 祠

紫柏山下仰高山，
细听二水抚琴弦。
送秦一椎英雄子，
辞汉万户做神仙。

留侯祠拐杖竹

青山环抱云海间，
紫气盈盈养浩然。
敢问修竹何屈节，
为伴英雄做神仙。

汉中油菜花节

花开时节天地黄，
汉水两岸车马狂。
年年独占三春秀，
笑傲巴蜀第一香。

汉中油菜花海

沉醉花海弄花潮，
人潮共涨与天高。
春风荡漾吹丽日，
万里江山秀黄袍。

武侯祠

刀光剑影烟飞去，
古今已是笑谈中。
当年三国兴亡事，
武侯祠里问孔明。

红寺湖

一幅长卷日边来，
半湖春波向阳生。
红寺湖里仙人醉，
梦入桃源唤不醒。

五 龙 阁

幽谷翠峰生奇观，
千仞摩崖挂玉帘。
洞天深处藏福地，
五龙同道共修禅。

天 台 山

古碣寒梅生逸韵，
天台清泉抚雅琴。
闲情悦性似流水，
绝登岱顶卧禅云。

▍登午子山

登上午子山，
问道白云间。
松风独解意，
无欲自成仙。

▍西流河看水

百尺崖头飞流美，
七星潭内碧玉碎。
似曾相识非九寨，
莫言归来不看水。

龙山考书

黎坪山水久慕已，
惊看盛世出奇迹。
巨龙鳞甲藏天书，
文源侏罗待有识。

黎坪天书崖

面壁千仞天书崖，
读破万卷红尘峡。
心游物外皆福地，
霜叶送暖山人家。

黎坪览胜

重重青山叠翠嶂，
条条幽谷鸣清响。
扶杖登高寻胜处，
万象石林守云岗。

登大汉山

远瞧秦岭已入冬，
近阅巴山仍葱茏。
俯瞰汉水东流去，
回首人在南湖中。

朱鹮梨园

春来晴雪堆满山，
香凝枝头久不散。
喜看白鹭暮归处，
共伴红鹤乐梨园。

洛家坝古镇

骆家坝上雨初晴，
古镇景色如画屏。
米仓山下明月夜，
牧马河畔醉晚风。

青木川古镇（二首）

之一
飞凤桥头忆魏公，
金溪柔波藏古情。
正逢栀子飘香时，
新酿出窑醉晚风。

之二
青木吐翠山川美，
金溪流殇古镇幽。
时闻彩凤歌四季，
龙池日月照千秋。

游兴元湖

天府寻幽汉水边，
夕阳彩翠照兴元。
白鹭无忧栖岛上，
游人列队等画船。

品茗午子观

嘉木欣欣绕云岗，
仙毫含露溢清香。
细品新茗三百盏，
漫话人生疏与狂。

天净沙·华阳古镇

江山如此多娇，
风景这边独好。
霞客曾经折腰。
傥骆古道，
游华阳看四宝。

西汉高速途中

华夏南北第一山，
东西横亘八万年。
百里群隧鸣长笛，
蜀道蓦然化平川。

瀛湖岸边农家乐

碧水扬波兰舟竞，
白云山头唱歌声。
两岸农家鱼虾美，
陈酿老酒醉高朋。

祥龙谷竹林仙台

空谷幽静无俗尘，
竹林仙台始见真。
细品新茗听流水，
天籁轻弹九龙吟。

问道南宫山（二首）

之一

忽儿飘渺云雾中，
云破点点露峥嵘。
南宫山上问大道，
静心自参莫作声。

之二

问道不觉蜀道难，
扶螺直上越天关。
闻知云中有净土，
欲往世外耕桃源。

游香溪洞

水影青山绕安康，
香溪伴歌入汉江。
秦巴深处寻福地，
洞游世外乐仙乡。

俯瞰旬阳古城

四面青山抱福地，
旬河悠悠绕太极。
俯瞰古城生禅意，
八卦台上心归一。

清明煮茶紫阳阁

两岸人潮涌大江，
千帆竞发共远航。
问君欲往何处去，
清明煮茶到紫阳。

紫阳阁品茗

云山雾峡汉水源，
四季飘香三千年。
紫砂壶中藏福寿，
谁知金硒是灵丹。

岚河漂流

也曾划桨梦里醉，
岚河击水第一回。
两岸青山常带雨，
夕阳时间观翠微。

游朝阳沟

朝阳沟深林莽莽，
白云山头心飞扬。
人类寻根五千年，
愿把此地作故乡。

题蜀河古镇黄州馆

金镛玉局黄州馆，
鹤立汉水蜀河边。
南北商贾重信义，
千年沧桑气浩然。

咏白河口镇水泉坪村

安得世外桃源名，
村头圣泉如醴清。
更有田园风光美，
春华秋实乐升平。

石泉十美之一·鬼谷岭

列国争雄浮望眼，
天门五重上云端。
苏张孙庞各为主，
纵横同源鬼谷关。

石泉十美之二·燕翔洞

秦巴寻幽富水边，
忽见朱阁崖上悬。
不知仙洞谁修持，
燕翔福地数万年。

石泉十美之三·中坝大峡谷

两岸青山入云端，
幽谷碧水出清泉。
一路鸟鸣天籁声，
未到源头已入禅。

石泉十美之四·江边夏夜

落霞晚照红石包，
银屏彩翠与天高。
两岸霓虹明月夜，
十里江花染碧霄。

石泉十美之五 · 后柳水乡

倚轩把酒醉船头，
万里清秋一眸收。
借问李杜曾知否，
石泉水乡有后柳。

石泉十美之六 · 石泉老街

一览西江千重秀，
阅尽金州万里秋。
石上清泉生明月，
明月从来无闲愁。

石泉十美之七 · 汉江雅石

奇因水底自然成，
妙在鬼斧夺神工。
无缘相见不相识，
有缘得来一遇中。

石泉十美之八 · 熨斗古镇

俯瞰古镇生熨斗，
白云悠悠锁清秋。
燕翔雀鸣山水静，
翠拥福抱吊角楼。

石泉十美之九·子午银滩

静卧子午银滩上，
温柔乡里入梦乡。
月下一阵凉风起，
心旷神怡无思量。

石泉十美之十·石上清泉

仰观翠屏雨初晴，
俯瞰汉水月正明。
老城根下问乡愁，
清泉明月诵琴声。

金丝峡览胜

日照奇峡织金丝，
燕峰幽谷镇苍龙。
万象飞瀑拾级来，
百韵林涛四面生。
千年深锁人未识，
盛世初见倾国容。
劝君莫畏商山道，
一览鬼斧夺神工。

金丝峡赏兰

一路青山绿水长，
两岸百花竞芬芳。
行到幽谷最深处，
静坐源头品兰香。

金丝峡品茗

秦岭深处探幽峡，
空谷源头见奇葩。
采得金丝兰花露，
好煮明前孟春茶。

牛背梁（四首）

之一

也骑青牛上云天，
林海莽莽锁南关。
回望秦川八百里，
东来紫气满长安。

之二

漫漫高路入云端，
八千阶石任登攀。
牛背梁上追牛市，
挥鞭直指一万点。

之三

南山荫荫千峰秀，
古道森森万壑宁。
龙凤桥头夸四宝，
岭上忽见扭角羚。

之四

日照牛背谷生暖，
霜叶铺地不觉寒。
满山秃枝遗秋韵，
冬来阅景更超然。

天竺山（四首）

之一

莽莽秦岭关连关，
诗仙长啸蜀道难。
男儿欲夺凌云志，
须当问鼎天竺山。

之二

巍巍一柱向天都，
仰看物主造浮屠。
扶螺直上云盖寺，
放歌万里乾坤舒。

之三

七峰并柱天地间，
绝壁千仞碥道悬。
二十四洞多禅意，
三教同心共结缘。

之四

问道何须苦登攀，
借力飞索气浩然。
回望云海波涛涌，
壮志凌霄天竺山。

误入藕花塘

登天蓬山寨

终南仙境话生还，
遥听天蓬抚轻弦。
一路心中问王母，
能否允我会七仙。

登九天山谒九天玄女庙

山自青青水自流，
东来紫气一怀收。
终南福地八百里，
行至九天见源头。

月亮洞（二首）

之一

翠屏藏幽月亮洞，
霜叶烂漫仍葱茏。
暗寄心香归梦处，
紫烟扶摇上九重。

之二

翠屏藏幽万仞间，
金花交会起云烟。
月亮洞中有四序，
寒宫美景醉神仙。

塔云山（二首）

之一
殷殷紫气绕玉塔，
险象环生比太华。
意守庙前一跪地，
心游云海万丈崖。

之二
绝登金顶抚云霞，
霞蔚云蒸见玉塔。
若以望岳抒豪气，
一览众山小天下。

云 盖 寺

云盖终南寺，
雾锁通官驿。
九楼十八殿，
醉吟古道诗。

丹 江 源

溯流日上三千旋，
万象飞瀑歌洞天。
回念终南别业处，
轻抚柔云丹江源。

金丝福地金丝洞

清露声声入清泉，
万象石笋绕罗仙。
洞天金狮守福地，
愿为众生报平安。

闲居丹水边

闲居商山丹水边，
终南深处乐耕田。
心灵栖息有福地，
从此不再梦桃源。

155

漫川古镇

漫游古镇物我忘，
玉壶在抱茶味香。
细听一柏担二庙，
朝秦暮楚费思量。

丹江月日滩

孤独镇卧丹水边，
几分惆怅月日滩。
绝登龙头三千丈，
木鱼声里听因缘。

登凤冠山

凤冠山下听凤鸣，
凤冠山上沐春风。
极目棣花古驿外，
千亩荷池待月升。

登秦王山

扶螺直上秦王顶，
松云紫气脚下生。
一览众山共仰俯，
欲驾神龟游鹤城。

龙驹寨码头

龙驹码头忆霞客，
月日峡里追长河。
凤冠山上听凤鸣，
秦岭最美是商洛。

祭商山四皓

问道商山采商芝，
商山不语把头低。
人言商芝医百病，
谁知四皓是何疾。

棣花古驿

棣花古驿遗古风，
荷塘月色依旧明。
细品壁上骚人诗，
醉赏酒后诸子情。

柞水溶洞

万象瑶琳藏古洞，
青山滴翠云雾中。
游人鱼贯入广袖，
借力佛手抚苍穹。

凤凰古镇

鲤鱼穿莲古城间，
千秋不息凤凰泉。
日伴群山歌四季，
夜对三江弄轻弦。

仙 娥 湖

划桨遥看闯王宫，
但见一水锁二龙。
秦岭南坡生幽处，
仙娥醉宴陶令公。

牧护关农家乐

牧童岭上报信息，
山村农家乐无极。
举杯对饮湘子酒，
带醉放歌韩令诗。

木王森林公园

墨染岭上松，
万木竞葱茏。
独恋三春意，
十里杜鹃红。

商山霜日柿子

红叶已作彩云去，
天赐宫灯挂满枝。
鹊鸣动心心欲和，
情到笔端愁无诗。

商山采槐花

风吹槐花满山香，
牵枝欲采做鲜尝。
忽见蝶乱蜂细语，
也学多情心自伤。

九州篇

JIUZHOUPIAN

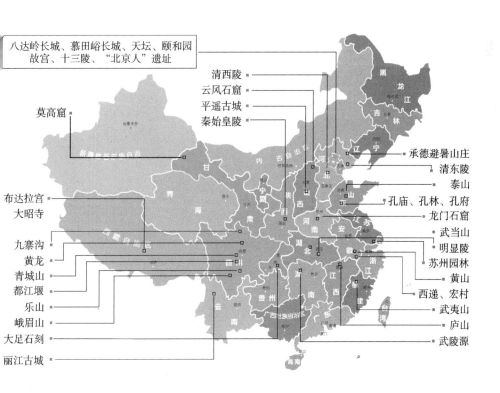

八达岭长城、慕田峪长城、天坛、颐和园
故宫、十三陵、"北京人"遗址

清西陵
云风石窟
平遥古城
秦始皇陵

莫高窟

承德避暑山庄
清东陵
泰山
孔庙、孔林、孔府
龙门石窟

布达拉宫
大昭寺

九寨沟
黄龙
青城山
都江堰
乐山
峨眉山
大足石刻

丽江古城

武当山
明显陵
苏州园林
黄山
西递、宏村
武夷山
庐山
武陵源

常梦尼山夫子洞膜拜

先师集大成心越万仞

宫墙内一程杏坛沐春

风

录旧作仰望圣人之宫墙

岁次丙申春日于省委家属宿舍

志安甲文晖一阎

程风正

登北京香山

又沐香山带露风，
遥看山下紫禁城。
心无灵犀签上上，
一片红霞日边升。

登黄鹤楼

襟纳潇湘万里水，
眸收龟蛇千尺峰。
今托白鹭问黄鹤，
何时再归汉阳城。

天津杨柳青木板年画

翰墨飘香生雅兴，
杨柳依依拂古风。
十门九户善点染，
剩有一户尚丹青。

崇明岛西沙湿地公园

碧波潋滟映蚕屿，
金涛拍岸和心曲。
芦荡蟛蜞独一味，
鲜醉西沙滩头鱼。

重庆磁器口

真龙曾隐白岩山，
至今九宫十八殿。
日出千人拱笑手，
夜来万盏照河汉。

泛舟秦淮河

泛舟秦淮寻古幽，
六朝故事满城头。
欲登岸边凤凰台，
遥看水映白鹭洲。

九
州
篇

167

龙井茶乡梅家坞

梅家坞里梅家院，
龙井香凝梅家山。
纤纤茶姑如世外，
新茗一杯醉神仙。

西溪湿地

西溪湿地甲天下，
四时景色如图画。
冬来堤上觅诗趣，
香雪深处见梅花。

灵山福地

梵音袅袅十方愿，
紫气盈盈太湖边。
众生结缘向何处，
第一福地是灵山。

乌镇黄昏游

耳畔隐隐闻古箫，
独坐乌篷自逍遥。
但盼花灯初上时，
相思在抱明月桥。

游西湖

三潭碧波映蟾宫，
两堤烟柳入画中。
断桥一曲仙人恋，
多少粉丝共柔情。

冬游瘦西湖

岸边已觉凉风起，
碧波摇荡杨柳枝。
不见三月烟花美，
却逢一年蟹肥时。

春夜散步西子湖畔（四首）

之一
西子湖畔沐春心，
三潭映月共照人。
岳堤柳下异乡客，
未醉已觉远俗尘。

之二
西子湖畔暗伤春，
俗心尤念千年恨。
敢问真情为何物，
玉潭明月不应人。

之三

漫漫春烟浮望眼，

心游渺渺水云间。

古时明月何时有，

把酒欲问断桥边。

之四

夕阳烟花杨柳俏，

夜来长堤共逍遥。

明月含羞藏水底，

十里人潮涌春潮。

韶山冲瞻仰滴水洞

曾经浪遏三湘水，
挥戈唤起九州风。
天降大任缚苍龙，
一统中华建奇功。
四海同歌呼万岁，
六亿共舞献忠诚。
滴水洞内多惆怅，
心中依旧太阳升。

登武当山（二首）

之一

七十二峰翠插天，
太白紫气金顶旋。
真武大帝得道处，
中华神功第一山。

之二

七十二峰共仰俯，
擎天一柱向天都。
金顶之上问大道，
冰心欲沐太极湖。

游江城月湖堤畔

汉阳秋风烟波里，
江滩霜叶织画意。
月湖堤畔听流水，
也抚琴台会子期。

浮舟漓江

桂林山水儿时知，
亲历已在天命时。
阅尽奇峰八千座，
船头学唱两甲诗。

浮舟漓江观九马画山

惊看画山生奇妙，
壁上骥首如神雕。
欲与君王比眼力，
九马不敢一声报。

浮舟漓江游百里画廊

漓江两岸好风光，
天赐画廊百里长。
一路多少动心处，
最恋九马壁上藏。

春城昆明

彩云之南多春城，
昆明独领高原风。
烂漫花乡歌四季，
如诗如画如梦中。

丽江古城

木府满载纳西梦，
三江源头遗古城。
仙翁驾鹤天上来，
奏出伯牙鼓琴声。

仰望曲阜万仞宫墙

常梦尼山夫子洞，
膜拜先师集大成。
心越万仞宫墙内，
一往杏坛沐春风。

登泰山

五岳独尊入望眼，
绝登齐鲁第一山。
盛世也念天下忧，
岱顶之上话封禅。

绵山春祭

火烧绵山六月冷，
心结冰霜十万重。
自古大孝共仰止，
天下谁齐介子公。

谒永乐宫

东渡风陵朝洞仙，
也慕黄粱松下眠。
但盼有缘得点化，
白鹤入梦乐怡年。

普救寺西厢院

深院梨花静静开，
不见丽人抚琴台。
当年张生越墙处，
四方新侣列队来。

汾阳杏花村

嗜酒未必乱性根，
男人杯中有乾坤。
若要开怀醉一回，
直往山西杏花村。

平遥古城

古陶古居遗古韵，
千秋不朽民族魂。
也演八卦龟背上，
但求福寿满乾坤。

汾阳贾家庄

河东一路说晋商，
诚为根本信为常。
何处沽酒能醉客，
杏花村外贾家庄。

文殊菩萨道场五台山

神游五台生禅心，
轻敲木鱼别凡尘。
回望沙场纷争累，
仰看佛门剃度人。

观音菩萨道场普陀山

心生莲花禅入静，
夕照磐陀眸通明。
菩提树下若有缘，
清修沙门一弥僧。

普贤菩萨道场峨眉山

久闻峨眉天下秀，
绝登金顶祈无忧。
愿为大佛增禅力，
云消三界万重愁。

地藏菩萨道场九华山

怀抱大愿上九华，
极目高天见流霞。
但盼皓月沐五溪，
心底铺满芙蓉花。

鼓浪屿中秋赏月好

难得寂寞谁牵挂，
人在异乡尤念家。
鼓浪风吹明月夜，
秋思纷纷落天涯。

中秋厦门搏饼

冰心抱月白鹭洲，
清思难托千里愁。
有缘福地中秋夜，
共搏明日好彩头。

题三角梅于漳州东南花都

江山如画四时美，
万紫千红共芳菲。
游遍花都对花语，
最爱还是三角梅。

中秋夜宿漳州南靖云水谣

人道南国风光好，
朗朗清秋景色妖。
举杯共饮明月酒，
梦笔生花云水谣。

望中山陵

虎踞龙蟠大江边，
浩气长存天地间。
自由钟鸣自由曲，
广施博爱济人寰。

高雄爱河畔之夜

星夜霓虹照爱河，
华光摇碎水中月。
拭目两岸多意趣，
真假鸳鸯共天乐。

成都三圣花乡·幸福梅林

五朵金花园，
把酒话休闲。
幸福梅林里，
香销孟春寒。

成都三圣花乡·荷塘月色

五朵金花园，
把酒话休闲。
荷塘月色里，
风送清香远。

187

成都三圣花乡·东篱菊园

五朵金花园，
把酒话休闲。
东篱菊园里，
悠然见南山。

成都三圣花乡·江家菜地

五朵金花园，
把酒话休闲。
江家菜地里，
白领乐耕田。

成都三圣花乡·花乡农家

五朵金花园，
把酒话休闲。
花乡农家里，
四季笑开颜。

谒九华山

九初莲花九初峰，
九初福地集大成。
阿弥陀佛三百寺，
行愿无尽渡众生。

黄山奇观

奇松识礼迎远方，
怪石传情蕴古荒。
欲驾云海游仙境，
也持梦笔著华章。

黄山宏村

青砖碧瓦马头墙，
如诗如画水墨香。
合抱古木三百棵，
瑞彼乾坤福寿长。

黄山西递村

青山绿水小村庄，
古坊老街大气象。
锦绣门第三百户，
堂前至今翰墨香。

内乡县衙观感

守勤以利补拙身，
持俭有益养廉心。
吾辈小吏常思齐，
菊潭衙内识高品。

南阳武侯祠

躬耕南阳无人问，
隆中一对惊乾坤。
莫言师表寻常事，
千秋泪溅英雄魂。

登云台山

天瀑飞悬万仞间，
雷霆带雨生白烟。
高峡碧波洗星汉，
深谷岫岚蕴奇观。
风吹松林涛声远，
霜染枫叶秋色艳。
也学七贤喜修竹，
纵情一啸云台山。

误入藕花塘

黄果树瀑布

一条白练挂云崖，
四季飞瀑弄烟花。
遥看别样黄果树，
夕阳时间炫彩霞。

贵阳天河潭

水旱龙潭万花景，
多彩天河多彩风。
钟乳飞瀑千古韵，
耳畔隐隐滚雷声。

贵阳响水河小七孔桥

荔波名桥小七孔，
南北商贾共此兴。
六十八级跳跳瀑，
雪花银滚响雷声。

贵阳樟江天生桥

幽谷烟岚画中行，
时闻鸟鸣天籁声。
豁然一孔通世外，
物我两忘桥下僧。

贵州千户苗寨

山无忧，水无愁，山水同悠悠。
男耕女织共携手，苗家乐自由。

长短裙，黑白秀，白云恋清秋。
风雨桥头抚烟柳，心驻吊角楼。

山凝翠，水含碧，山水共妩媚。
消夏天堂何处去，黔中有福地。

闲闲居，爽爽意，千户苗寨里。
西江月邀西江妹，但盼会子期。

▌消夏太阳岛

十里烟柳十里风，
十里荷花映塘澄。
最恋雨后太阳岛，
仲夏黄昏凉意生。

▌登铧子山

林海寻幽铧子山，
千仞曲径入云端。
俯瞰关东仙居地，
如诗如画三江原。

哈尔滨伏尔加庄园夏日黄昏游

湖光山色入图画，
冰城怡园伏尔加。
夜来晚霞随风去，
星月共照水中花。

齐齐哈尔扎龙湿地

一声长唳惊三江，
点点桃花落澄塘。
扎龙并非龙世界，
原来这是鹤家乡。

消夏镜泊湖（五首）

之一

天赐一鉴三江原，
白云悠悠水底眠。
日同红尘千杯醉，
夜共子期抚琴弦。

之二

镜泊见底千尺深，
方舟善渡修行人。
有难当求红罗妹，
贪心莫忘珍珠门。

之三

轻云蔽月伴人闲，
镜泊明心养浩然。
常以师道乐山水，
从未如此恋尘缘。

之四

镜泊湖边夏夜凉，
也伴红罗歌天堂。
偷闲莫念天下忧，
心斋坐忘不思量。

之五

镜泊湖底云正开，
清风款款入梦来。
对酒当歌明月夜，
人生难得醉高怀。

南郭寺古柏

风霜雪雨历千年，
虽经百难气浩然。
两臂苍苍朝天去，
怀抱一树朴子繁。

谒天水伏羲庙

俯察品类辩物理，
仰观宇宙识天机。
阴阳八卦画台上，
日月山川始归一。

念奴娇·登阳关

天高云淡,
秋正爽,
登临阳关城上。
举目远眺,
依旧是,
千古不变模样。
遥想当年,
金戈铁马,
剑影闪寒光。
江山沉浮,
主宰任由帝王。

漫漫人生路长,
谁个无梦想。
上下求索,
立志图强。
曾盼望,
报效国本农桑。
虽应有谢,
一路好安排,
却非所长。
无功回首,
心底几多惆怅。

敦煌莫高窟

月泉鸣沙吟太古，
域外飞天入高窟。
万丈佛光作花雨，
洒向丝路佑商贾。

仰望成陵

横空转世长生天，
铁骑驰骋四海间。
一部人类英雄史，
千古无双数大汗。

望玉门关

丝路追日长河边，
神游孤城万仞山。
大漠茫茫觅胜处，
残垣新區玉门关。

登贺兰山

跃马驰疆贺兰山，
意纵天高长河边。
曾有壮怀空悲去，
落霞时间看日圆。

西夏王陵

大漠灵台越千年，
风残雨蚀还屹然。
遥念飞将跃马上，
挥鞭直向贺兰山。

游沙湖

碧水芦花金沙滩，
塞外明珠照银川。
阅尽大漠一湖景，
从此不再忆江南。

乘舟沙湖

也乘飞舟湖中游，
风驰电掣惊沙鸥。
人生得意须尽兴，
岂能如斯恋潮头。

滑沙沙坡头

坡头暗暗壮孤胆，
借力飞索上云天。
忽如离弦闻沙鸣，
最爽心跳一瞬间。

大美青海

西行追日越祁连，
莽莽昆仑卧云端。
晴雪夺目八万里，
藏羚炫彩三江源。

天山天池观月

山头金蟾恋星河，
水底玉兔卧云阙。
有缘千里来相会，
无缘空照两轮月。

百花篇

BAIHUAPIAN

點點豆根沒土中　歷歲寒

冬去春來生青青　帳□篇

遊斯出而懍東風

錄舊作□□蓮以回味也曾沉醉忘歸
□□□溪□莽花塘之雅趣□
歲次丙申書於柏心居　維□□

咏莲（六首）

之一

默默立根泥土中，
历尽寒冬春来生。
青纱帐下羞遮面，
一朝出水惊东风。

之二

四时散步帝王宫，
兴在日落黄昏中。
最恋芙蓉出水时，
浪漫夏夜沐清风。

之三

清香含露枝头挂，
时雨濛濛催春发。
湖畔因有仙子住，
年年开出水中花。

之四

百花湖畔簇锦秀，
鸟语枝头乐无忧。
借问伊人可知否，
水中仙子几多愁。

误入藕花塘

之五
芙蓉出水笑眉开，
清香随风扑面来。
斗胆真言对花语，
一颗澄心入莲台。

之六
湖畔伊人声细细，
玉面含羞情依依。
缘在水香荷散处，
花开并蒂有雄雌。

牡丹吟（四首）

之一

国色吐艳傲群芳，
倾城王公钟天香。
一朝遭贬洛阳去，
长安再无车马狂。

之二

艳惊五湖四海客，
香袭内外长安城。
一朝未遂君王意，
落得千秋负罪名。

之三

含苞未放迎圣驾，
武皇一怒惊天涯。
违时只因春来迟，
何须降罪牡丹花。

之四

艳倾长安车马狂，
谪居洛阳心自伤。
若识大圣皇后意，
何必国色与天香。

咏牡丹（四首）

之一

也嫌昨夜风雨狂，
牡丹园外咏春伤。
但盼落红知人意，
来年枝头更芬芳。

之二

凤城东隅春未浓，
窗外杏花伴桃红。
但盼牡丹飘香时，
姚黄魏紫满园中。

之三

千姿百态多妙韵，
姚黄魏紫最销魂。
曾经倾国十三朝，
至今仍占一城春。

之四

国色浪漫随风去，
落红化泥增春伤。
俗心也怜花世界，
空空枝头品余香。

百
花
篇

咏梅（三首）

之一

铁骨傲霜笑严冬，
雪飞俏枝别样红。
多彩人生细品味，
真香来自苦寒中。

之二

灞上景色四时美，
万紫千红竞芳菲。
人前曾未对花语，
心中最恋雪中梅。

之三

孤芳性不改，
宁为墙角栽。
含香风雪里，
逍遥独自开。

误入藕花塘

咏龙梅（二首）

之一

铁枝铁干铁模样，
龙姿龙态龙气象。
年年唯恐春来迟，
今年又报第一香。

之二

铁骨铮铮傲冰霜，
春报枝头生异香。
名列三友四君子，
气象超然仪堂堂。

百花篇

217

踏雪寻梅

枝头雪花胭脂韵，
寒梅半开欲报春。
此时若有会心处，
幽幽清香暗销魂。

武汉东湖梅花节

江南春色春城好，
艳抹万倾铁枝绦。
香沏东湖一池水，
人潮共涨梅花潮。

误入藕花塘

踏雪寻梅灞水上

干冬百日盼湿年，
西风送来倒春寒。
正愁没有好消息，
灞上踏雪梅花前。

踏雪寻梅凤城东

美梦随缘入梦中，
踏雪寻梅凤城东。
仙子含羞跃马上，
伴我一路咏春风。

踏雪寻梅大明宫

风雪弥漫大明宫，
池边笑看白头翁。
寻梅不见好消息，
心底却有暗香生。

踏雪寻梅白鹿原

枝头雪花胭脂韵，
蜡梅半开欲报春。
诗意飞扬会心处，
幽幽清香暗销魂。

咏竹（二首）

之一

春夏秋冬色无别，
冰霜雪雨不易节。
人生识得林中趣，
固守劲枝心如铁。

之二

劲枝不惧风和雨，
绿叶总抱一怀春。
疏影婆娑多妙趣，
谦谦有节无俗尘。

水调歌头·咏竹

植竹绿窗前，
修心养浩然。
春来新篁出土，
气势总参天。
秋霜不染翠叶，
隆冬枝傲严寒，
品齐百尺竿。
时抱悠悠意，
默默笼紫烟。

心自空，
节自贞，
气自闲。
朱门寒舍，
各赏雅俗皆有缘。
人恋逸趣清远，
我求文心恬淡，
一样有余欢。
愿与六君子，
同追七古贤。

重阳咏菊

金葩沐霜吐艳黄，
紫蕊含露溢清香。
也伴秋风赏逸韵，
开怀岂不醉重阳。

咏 玫 瑰

翠烟藏春绽奇葩，
柔情绕枝织流霞。
徘徊园中羞作许，
心剪一束送谁家？

咏月季

却向玫瑰斗华美,
不与牡丹争倾城。
新葩月月吐烈艳,
枝头四季荡春风。

咏芍药

不与牡丹争天香,
花开一样冠群芳。
待到秋尽叶落时,
采得芍药入金汤。

咏玉兰

玉蝶枝头舞云裳，
真水无香更芬芳。
春色盈盈多妙意，
醉赏冰姿心自狂。

咏蝴蝶兰

素叶亭亭君子派，
蝶苞含香久不开。
一朝春风化枝头，
翩翩飞入梦中来。

咏君子兰

朴实无华君子风,
双佩素剑雅士情。
只盼年年春意满,
亭亭玉茎摇金玲。

咏郁金香

细雨和风送春爽,
五彩高杯献琼浆。
兴庆园外探花市,
倾城天价争一香。

咏水仙花

抱石玉立喜迎春，
冰绡翠袖可销魂。
心仪仙子钟洁癖，
常使凌波守一新。

咏马蹄莲

纯情默默性孤芳，
玉茎亭亭凝素香。
花开一瓣有妙趣，
何须绿叶扮靓妆。

百花篇

227

咏金丝海棠

玉茎碧叶垂青丝，
青丝梢头衔芳蕾。
芳蕾绽蕊溢香时，
彩蝶绕枝翩翩飞。

咏仙客来

历尽寒冬郁苍苍，
绿叶深处倩影藏。
一夜春风吹梦醒，
眼前蓦然见蝶狂。

咏迎春花

青枝带寒吐嫩黄，
金花含笑竞芬芳。
蕊上蜂蝶欲借力，
如痴如醉第一香。

咏李树

曾闻李树生桃旁，
露井房上共芬芳。
兄弟莫忘手足情，
千秋经典数代僵。

咏红杏（二首）

之一

春风未暖蛰未惊，
红杏飞雪共盈盈。
不畏高墙遮望眼，
出头引得物外情。

之二

春风微微吹杨柳，
时雨濛濛润百卉。
红杏一夜雕碧树，
小园又见丽人归。

咏山茶花

瑞雪落窗外，
梅香暗入怀。
庭前春趣少，
只因茶未开。

咏 樱 花

春风未绿长安树，
青龙樱花满寺香。
谁问此木原生地，
老僧只知是扶桑。

咏红掌

一盆绿叶郁苍苍，
绿叶悄悄化红掌。
待到红掌吐焰时，
胜似花开满庭芳。

咏凤梨

花开凤梨俏，
疑是春来早。
艳添堂前彩，
鸿运当头照。

咏一品红

天使舞长空，
福抱圣诞松。
共祝平安夜，
运齐一品红。

咏雪莲花

风霜全不怕，
高原生奇葩。
冰天雪地里，
一朵梦中花。

咏报春花

与梅竞风彩，
报时不我待。
总嫌春意少，
常在雪中开。

咏龙胆花于青藏高原

高原一枝花，
霜重绽奇葩。
含笑西风里，
雪映五彩霞。

咏杜鹃花

绿溪源头冰雪化，
杜鹃报春暖云崖。
花开西施笑桃李，
艳比芙蓉姊妹花。

咏 金 桔

四季青青一盆景，
招财贺岁比时兴。
金果如花开不败，
吉祥满树荡春风。

咏康乃馨

花开四时皆有韵，
一花占尽百花春。
喜庆哀乐由所寄，
母亲节里奉慈恩。

咏凤仙指甲花

花似蝴蝶舒彩翼，
艳如碧桃闹青枝。
若捣香泥染凤甲，
风骚悄悄满玉指。

咏扶桑

春城疑问植桑麻，
原知此木是奇葩。
枝头锦缎任裁剪，
天天挂满五彩霞。

咏牵牛花

攀枝扶篱上苍穹，
欲架鹊桥会双星。
金银喇叭吹左右，
一路响彻月亮宫。

咏向日葵

一朵心中花，
永远向日开。
不择天下土，
任君处处栽。

咏鸡冠花

头戴红缨帽，
身穿绿罗袍。
争鸣园池里，
熊熊似火烧。

咏三角梅

姹紫嫣红彩云飞，
清香盈门春增媚。
江南时兴植市花，
城城竞栽三角梅。

咏 笑 梅

白似冰肌生素香，
红如樱口吐艳阳。
花开时节共娇媚，
嫣然一笑自芬芳。

咏倒挂金钟

素土春插半枝芽，
秋来长出一树花。
庭前把酒咏倒挂，
金钟鸣幽夕阳斜。

咏枇杷

子结来岁阳春日，
花开当年初冬时。
若品金果三百颗，
满腹流香醉心池。

咏含羞草

羽叶纤纤怕牵手，
绒花楚楚舞绣球。
不信美人曾羞花，
谁能为我解心纠。

咏米兰

养得南国一枝兰，
陋室闲趣生心田。
花似金粟开不败，
四季清香有无间。

咏蒲公英

常生路边与田头，
花开时间也风流。
轻吹熟蒂作飞雪，
漫天情种乐自由。

咏夹竹桃

山村夹竹似篱笆，
细枝纤纤柳叶发。
但盼农家交好运，
门前三季开桃花。

咏紫荆花

春风化蝶满院景，
紫珠紧抱一树红。
常言此木通人意，
兄弟应重手足情。

咏香港市花洋紫荆

十万英雄碧血染，
一花红遍桂角山。
莫忘紫禁城中耻，
共植新界九龙湾。

咏千日红

花红如火挂满枝，
秋来枝头焰不息。
若采几支插瓶中，
千日依旧还艳丽。

咏木槿花

窗前一道绿篱笆，
秋来挂满五彩霞。
朝开夕落有异趣，
明日依旧满树花。

咏丽春花

妩媚绝伦冠天下，
飘飘欲仙疑是她。
楚汉争雄千古事，
艳丽藏春一枝花。

咏佛手花于海南岛兴农植物园

花香如果果如花，
百卉园中最爱她。
但使入茗庆福寿，
佛手捧出永春茶。

咏绒花树

半红半白夜合欢，
一树云霞落堂前。
清香入脾生记意，
曾闻此物有美谈。

咏紫薇花

香飘堂前增雅兴，
花开满树紫气盈。
皇家相门总偏爱，
时兴格格闺秀名。

咏夜来香

夜来微风送清凉，
玉穗含苞待芬芳。
最是黄昏入暮时，
花开庭前满院香。

咏蔷薇花

青枝纤纤爬满架，
阳春三月出彩霞。
一夜绽开千万朵，
艳惊玫瑰牡丹花。

百花篇

247

咏茉莉花

花开黄昏有仙姿，
淡雅清馨入暮极。
沏得新茗一壶香，
直品夜半鸡鸣时。

咏凌霄花

常恋高墙竹篱笆，
青藤直攀千尺崖。
五彩绫绡谁与比，
满架倒挂翡翠花。

咏石榴花

榴花吐焰情似火，
枝头西施邀嫦娥。
中秋夜半若开口，
满腹丹珠笑星河。

咏纹竹

新篁如竹长成蔓，
倚木含羞向云天。
铮铮大名尚有节，
不能自立惹人怜。

咏马兰花

马兰含苞童谣起，
五月榴火熟麦时。
少小心中藏真爱，
但盼花开二十一。

咏大丽花

冰清玉洁比芝莲，
风姿妩媚赛牡丹。
敢问李杜何所以，
未把此物留诗坛。

咏丁香花

紫苞化蝶增妙意，
青枝翠叶共芳姿。
庭前若植三两株，
别有馨香醉心脾。

咏桂花

千年金桂夺望眼，
独赏中秋月下园。
丝丝醇香袭心底，
醉向云天报广寒。

咏雨后桃花

昨夜风雨乍作狂，
落英花泥凝春香。
细看新叶抱蕊子，
丝丝仙气入心房。

咏桃花仙子

桃花仙子出世外，
含香带露怀春来。
借力一杯问仙子，
玉面芬芳为谁开。

咏美人蕉

五彩绫绡惹人醉，
三尺翠袖拂春晖。
也追新潮觅诗趣，
心中信天自由飞。

咏月下美人昙花

芳蕾绽雪冰姿艳，
月下美人意绵绵。
醉赏花开连花谢，
趣在香飘一瞬间。

咏鹤望兰

翘首远望思家乡，
独立枝头欲飞翔。
插花不论古今艺，
从来居高占中央。

金丝蕙兰

金丝蕙兰纤纤样，
含苞未放傲群芳。
蝴蝶枝头开秀口，
吐出桃花胭脂香。

咏大漠胡杨

日照霜叶遍地金，
无边大漠景色新。
千年枯枝多娇媚，
风情万种幻亦真。

咏南国木棉花

枝头春夏与秋冬，
四季风采各不同。
铁骨尽显阳刚美，
南国花中一英雄。

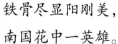

百花篇

咏中国槐

千年铁枝生翠云,
老槐树下有乾坤。
也怀家国天下事,
一颗丹心追古人。

咏故乡老梧桐

村口梧桐气浩然,
春华秋实三百年。
虽曾未见凤凰落,
翠冠依旧参云天。